短舌

黃文傑

目錄

序　精光閃爍的匕首　◎游俊豪

眾多文學種類當中，詩應屬最短。儘管新詩有的洋洋數百行，但總不及小說的篇幅。以短詩的體裁，經營新詩的景觀，嘗試發展短中之短，可得考量功底的深厚。就好像武器千百種，應該挑選哪一種器械、應該發揮哪一門武藝，也是需要經過一番細細的掂量。

武器，也有短中之短。譬如匕首，用到極致之處，不比長劍大刀弱勢，也不比花槍蛇矛遜色。短兵相接的時候，匕首最利於近身肉搏，「一寸短一寸險」就是它的特色之一。特色之二是，它最便於隱藏潛伏，關鍵時候才亮出攻擊，這曾在「圖窮匕見」的典故里發生。

黃文傑的短詩，讓人想到匕首，以及匕首的長處。

聽聽那鋒利的破空之聲，在他的〈番薯泥的製作過程〉：「先削去外層五千年方塊／尤其左側那邊／再刀刀把客家切片／高溫殺死廣東所有基因／用時間醃洋味／最後加入所有世界，690克」。以短詩來出擊，批評文化傳統的變質，毫不退讓，詞語尖銳而迅速，完全達到了短距離咄咄逼人的攻勢。隔了一行，詩的結尾進行了回身的嘲諷：「看我／更爛更香」。如此短小，卻想句句致命。

此外，有的詩作寓意是隱蔽的。例如〈夜央之後〉，有這樣的一句：「早晨用青春洗了把臉／把鏡子內的椰樹給嚇倒了」。文化研究者，肯定會不禁疑惑，猜測「椰樹」到底是何符徵，其符旨又是如何。這首詩裡，黃文傑接著再放下一層迷罩「有效／應該跨出去／嚇嚇鋼鐵深林裡窩藏的鴕鳥」。「鴕鳥」是何符號，已是誘人的意象。可以說，詩人深諳詩的類似匕首的功能，幾乎綿里藏針了。

尤為精彩的是〈醉〉。上一段「我在南半球／用吸管／喝北半球的酒」，下一段寫道：「物理學說荒繆，太遠／文學說／乾杯」。精彩的下一段，是精光閃爍的匕首，在最後的部分昭然若揭，音韻無窮，為文學攻下一城，為詩性扳回一局。

所以，小心黃文傑的詩，那是匕首。

接下來，他可能還會放出襲擊黑夜的暗器，拿起開合世間的神兵呢。

二〇一六年三月十日

序者：

游俊豪副教授，南洋理工大學中文系主任，兼中華語言文化中心主任。

皇帝的新鳥

把 lah，leh，then，alamak 統統脫掉
這樣比較高貴
英國鳥會驕傲地飛

驅逐

方的不是圓
所以被母親趕出電視收音機
聽說要演大戲的時候才能相認

番薯泥的製作過程

先削去外層五千年方塊
尤其左側那邊
再刀刀把客家切片
高溫殺死廣東所有基因
用時間醃洋味
最後加入所有世界，690克

看我
更爛更香

同類

真的同樣臭
也能盛滿屎尿

有官印
品質保政
權欲的倒裝句

變心

這碗 laksa 不愛我
咖哩薄情
只和雞肉鬼混
娘惹溫柔的蛤呢
聽說都私奔到 mee siam 那裡

我的意見

明白
記錄在案
會 follow up
你是好公民
一江春水五年又五年
前提
身份證還是粉紅色

正宗

誰比較紅
你賞我一巴
我賜你一掌
太陽都已經出國到水平線外
傻瓜還在椰樹底下
爭寵

學好華文的一億個理由

第一億個理由
怕淹死在自己血液裡
之前的理由
忘了

不是粗話

真誠地
問候十八代祖宗
再關懷一下生殖器（擔心絕後）
證明我還在乎
您血液裡的沸騰點
誰說世界冷

生殖器

愛侶之間的橋
族譜裡的下一筆
敵人嘴邊吐出的一隻鳥

能確認身份的
或許只有馬桶裡的尿

國民服役

把自己都衝進馬桶裡
留一把槍
站崗

迷戀

二十一寸屏幕上
發春的鼠標

報失

什麼？閃電外的？
已經五十年？
教科書裡沒有？

去去
沒空記錄驅逐出境的
很忙，趕著籌備慶典的座位
數到哪裡啊？
六百四十九萬張……

排泄

被結構消化
被心機耗盡
無法融入體系內任何細胞

污
吐了
永遠和血脈無關

真的不是旅遊

只是想打包 laksa
不小心
走過越南和菲律賓
回國太遲
七點後收攤，沒賣

2050 年的夏季

女傭不見了
誰打電話叫人來修冷氣
不會說菲律賓話

還不飽

十二小時狼吞虎咽
吃了吐吃了吐
腦漿缺氧
時間還是要拌著啤酒
才香

熱度

因為沒有掌聲
三分鐘後
撇下
舞台上
一張冰寒的椅子

現代啟示錄：愛情

從套進戒指那一刻起
褪色
成一頁空白

現代啟示錄：辦公樓電梯

上得慢，鬱悶的早晨
下得快，心急的夕陽

現代啟示錄：週末

辦公室電腦，關著
睡房裡電視，開著
一天

現代啟示錄：智能手機

低頭
最多話的
啞巴

抬頭
最孤寂的
喧嘩

兩腿之間的問號

憑什麼
以凸或凹
決定誰的尊嚴
沒有翅膀的鳥
飛不上
貞潔的牌坊
都是殼裡的龜

真正的英豪
在冷眉間

催眠

現在閉上眼
跟我念
一種語言……一種語言……
49 次

現在
你是無舌的白痴

全球化

1.

小湖

大海

一樣咸

2.

人來金走

我去

血留

3.

送你錢，賜你權
給我殺

99.

多清靜啊
無雜音的樟宜海峽

人文？

看不到？
鈔票上的圖像
多美

地鐵搖滾曲

一開一關一分鐘
蚱蜢急舞
追趕跑跳
碰！

錯思

把夜
反反复复
折開，又折合

依然
不是一隻鶴

現代之人文

1.

戶口存款裡

逼還至小數點後面

2.

只在秒與秒之間

想起來的事

如果記得

現代之道德

扣除成本和利潤
無剩

現代之考試

把推擠的
吐出來
臭死一路人生

現代之正義

也會見血
一把雙刃劍
是誰的血？

現代之斷層

青……　……　……黃

比啞謎

答案

是你？不是你？

現代之傳承

瘋癲后
一匹歸順的馬
再
孤藤老樹昏鴉

蝙蝠

倒掛
獸的荒謬
是否需要夜才能扶正
飛吧，都是黑
眼不見
自嘲為鳥

立場

是詩

不是詩

是詩！

不是詩！

是詩！！

不是詩！！

是文字！！！

不是文字！！！

……
……
……
……

數據

贊成還是反對？

贊成！

好，一個

反對！

反對！！

反對！！！

……　……　……

贊成！

好，兩個贊成，通過！

極端

好大的浪
淹死了
豺狼虎豹
馴馬牛羊

真？

本來是個孩子
白色的紙
沒有一個字

寫
文憑、愛情、婚姻、升職、股票、名片、信用卡、跑車、洋樓、情人、香檳、離婚、
裁員、失業、獨居

頁尾的老人

夜央之後

早晨用青春洗了把臉
把鏡子內的椰樹給嚇倒了

有效
應該跨出去
嚇嚇鋼鐵深林裡窩藏的鴕鳥

拒絕悶騷

用左邊手掌
刮右邊臉
依然滿臉痘痘
多迂腐
紅得扭扭捏捏
所以火山都成了孤穴

補

橋斷
皆因一隻鳥病了
一隻鳥瘋
還有一隻哭死在紅樓夢
所以我
橫躺成石頭
讓相思能順利地走

走
不很浪漫的彩虹

數你萬遍也不厭倦？

一張五十我記得昨天
再一張五十我記得前天
再兩萬九千八百張五十我記得有這麼一條魚是阿公從河邊釣的
也記得他不是漁夫
管他的別忘了到金沙吊頸
有錢

新鱷魚文

「鱷魚有知，其聽刺史言：潮之州，大海在其南。鯨、鵬之大，蝦、蟹之細，無不容歸，以生以食，鱷魚朝發而夕至也。今與鱷魚約，盡三日，其率醜類南徙於海，以避天子之命吏。三日不能，至五日；五日不能，至七日；七日不能，是終不肯徙也，是不有刺史、聽從其言也。不然，則是鱷魚冥頑不靈，刺史雖有言，不聞不知也。夫傲天子之命吏，不聽其言，不徙以避之，與冥頑不靈而為民物害者，皆可殺。刺史則選材技吏民，操強弓毒矢，以與鱷魚從事，必盡殺乃止。其無悔！」——韓愈《鱷魚文》

誰偷了我的淚！！

誰偷了我的淚！！！

誰偷了我的淚！！！！

韓愈傻眼

鄉音

都恐慌了起來
斷裂的舌根
用萬能膠暫時維繫
模仿自己千方百計遺棄的頻率
耳朵能否被感動
陣陣懷舊風
也許金屬味太濃
錯把鄉音混淆成想贏

或者本來，就應該這樣念
阿嬤懂了嗎
都恐慌了起來

國慶五十週年之重慶美女

天空煙花有多嬌
堪比觀眾席上這朵牡丹香
別問鼻樑誰先誰後
鏡頭失焦

游魚

空氣
擁擠又稍微昂貴
喘息間穿梭
避開統一的擁抱
縫隙，獨立於口號外
在記憶決定翻覆沉溺時
我和自己深吻
又濕了半尺疆土

缺席了

聲聲喝彩歡呼蒞臨的風采，我缺席了
徐徐上升莊嚴肅穆的高度，我缺席了
隆隆二十四響轟天的自信，我缺席了
行行挺胸闊步敬禮的驕傲，我缺席了
陣陣燦爛炫目花開的狂喜，我缺席了

缺席了，沒空
忙著找尋黑白照片裡
其他缺席的名字

不知所謂

小石子對著洋蔥説
眼淚，是要擠出來的
和情緒無關

麻醉

因為愛你
所以餵你最甜的蜜
愛得朦朧直至海枯石爛
至於糖尿病
那是你和保險公司之間的故事

無語

當真的裝進假的
連解釋都顯得那麼朦朧
如何說明新鮮只是時差的誤會
錯估黃豆與銅幣對價關係
和一片麵包的面子

燈

對抗黑暗的宣言
必須屋簷下悄悄地說
要時間恰好
才不會得罪月亮
和電錶

raw

筆心已經流出的血
不要浪費
就偽裝成詩、散文、小說

別太靠近
免得聞到老 uncle 的口水味

聚會

更多的人
更大的空間
自說自話
假裝
對方都是虔誠的聆聽者

孝

遵守
所有手冊裡的程序
每月一次
家用、吃飯、寒暄
而眼睛從沒正視眼睛
看不到
臉色的溫度

那九天被壓著的草坪

都說不是保障
所承擔的憤怒和筆芯重量無法統一
任何輪廓姿勢都不是風聲
手掌點頭搖頭搖頭點頭
模仿蝴蝶
確定了解莊周總得醒來的
牽著理智離開
到時你們會輕嗎
變黃的屍體
秋天陳列

冷靜日的烹調方式

腦漿放進鍋
加一份早報要社論那頁
熬二十四小時
直至感恩包裹恐懼
好了，夠冷

主觀

他說
你已經是在天空的風箏
為何不自由
我無法回答
那條線
勒得喉嚨好痛

放蕩

毫無忌憚
靈魂如脫軌的列車
穿越
腦漿被封鎖的細胞
原來懂得唱的
所謂的靡靡之音
其實月光可以作證
我比誰
都更正經

交流

是兩脈撞擊的洪流
翻滾浪花
這條呆滯的魚
看到飛鷹的翅膀
也想跳出界限
氧氣與二氧化碳交換

原來天是這樣
和海一樣深

呼吸掀開整個膚淺的肺部
收納
夢的海角

黑函

時間角度要剛剛好
必須在公雞甦醒前一秒
整桶墨汁潑過去

繼續夜

對手

記住！要保持風度
挺起胸膛
光明磊落堂堂正正
背對我
冷冷的槍口

保證

要不要把公雞都殺了
太陽才不會醒
還能背著月光繼續延長黑影

小人物語

這裡鳥一下那裡鳥一下
生活
盡花香

這樣寫詩

運輸帶是詞彙
托盤是靈感
送進倉庫是沉澱
拿得出來是詩

遺忘了
是記憶體無法修補的空間
等著時間腐爛

知音

嘴唇撥動頻率
目標
自己的耳朵
超過半米
混沌成笑話

凡人牢騷

晃動
靜默的空氣
用力吸入吐出
想從羅馬過濾成希臘

然後想
這手心會不會
長出月桂草

耳朵多刺
變不了
依舊缺水的仙人掌

利尼阿誇維特 Linie Aquavit——海洋烹調的酒

我擁抱阿誇維特
躲進海王反覆不定的髮梢
從最熱至最冷
風會如不耐煩的梳子
狠狠刷過

顛簸
也許能從四個月相思
理出幾杯故鄉水
醉半夜挪威

讚的潛意識

按了
（也只有這選擇）
打了聲招呼
無關距離
網線畢竟還無法承受
面對面的所有細節
所以如窗外霧霾那樣朦朧
我讀了

我知道了
我欣賞了
我理解了

螢幕前的你
日子今天會否輕了些

醉

我在南半球
用吸管
喝北半球的酒
物理學說荒謬，太遠
文學說
乾杯

對四十八歲而言

完全是個叛逆者
容貌急了十年
性情慢了十年

每日在鏡前對罵
歲月還是慢

安全鞋

日子太鋒利
無法
讓腳掌赤裸地在上面遊走
違反了生存守則第九十一頁第一條

乖乖閉氣
被嚼碎稀爛的大地血肉內
靜如潛水艇

芝麻綠豆

粒粒鑲嵌
拼湊

一個人
一扇門
一間房
一座屋
一畝地

一生還未填滿
被歷史打散
重啟
無關痛癢

房間

都在喧嘩
尋找唯一的鎖匙
鎖匙
只想和原來的伴侶說話

是，或不是

腦神經拔河
這邊是莎士比亞
那頭也是莎士比亞

不斷拉扯
日子終於脫臼

鬥

和街燈互瞪
都是黃色
都把憂傷藏進眼眶內
畢竟，外面還有春風
不可太囂張

誰開始溫柔
誰
就是月光下融入的靈魂

悲劇

舞台有點冷
蝴蝶撞死樑柱上
楓院朽木內的白蟻

都忘了
決定換幕時
誰在觀眾席猛喊
繼續！繼續！

為何江湖

怕魚敏感
溺死深海裡
躲進大地淺淺
淺淺傷痕
插一把劍標明

這裡的血
最清

爭執

右腦海浪拍打左腦的沙灘
退潮後
留下耳朵聽風
慢慢寧靜

落枕

是夢太重
過度傾向左側或者右

醒來
驚訝世界都是歪的

傳統

六萬五千四百三十元的廣告
和一塊月餅

後記一 ◎黃文傑

詩集裡所收錄的詩，不少是在二〇一五年間參與「一首詩的時間」的即興而作，可說大多是「借題發揮」之作。當時面臨著另一段人生旅程，必須移居國外工作，離開新加坡故土。身處異鄉，面對不同的文化、語言和人事物，能讓我和故土維持聯繫的，僅僅只能是網絡上的各類新聞和社媒訊息了。但為了「入鄉隨俗」，趕緊適應和融入新環境和生活，因此無法好好完整地消化這些及時訊息——就如快餐店的薯條漢堡，餓不死你，但也無法稱得上是美味；而咽不下的荒謬，吐出的零零碎碎，就快速拼湊了這些短短的嘲諷、疑惑甚至憤怒。

當時聽聞新文潮正建議為這些極短的「情緒」編成集子，深覺榮幸和惶恐。畢竟不少內容是有其時間性和背景，會不會讓讀者一頭霧水，而辜負了出版的用心呢？對於共鳴與理解，嘴巴上雖然説無所謂，但還是有種虛榮的期待。這「口袋詩集」，如果到了你的手上，也希望你讀了有所共鳴，如果沒共鳴至少能讀懂，如果讀不懂至少要有趣，如果連一丁點趣味都沒，有那最少要夠「短」不會浪費你太多時間——所以，最後，我只能說句謝謝和抱歉了。

二〇二〇年九月十日，泰國曼谷

後記二 ◎吳偉才

假如說黃文傑是個痛苦詩人，那麼幸好，他已把這些痛苦都削得尖尖的，像飛鏢一樣，揮手就撒過去，那好，仿佛就沒那麼痛苦了。

他是個很尖銳的社會觀察者，也是個喜歡在人性上燒穿一個洞洞來看進去的人。但他不是一般沖動型的。文字雖然削得尖銳無比，但也都經過一番理智的冷凍。有時他的詩文字，直接就轉換成凍土般的黑幽默（見〈小人物語〉），當然有時他也稍忍不住，但是無論怎樣，都能明顯看出一份壓制力在那裡。（見〈不是粗話〉與〈生殖器〉）

我喜歡他的簡練。不僅文字上的，也是思維上的。給我最直接的感覺是，他的詩應該是極少改動的，更別說搜索枯腸去找去挖些什麼形容或刻意造些意象來「詩一番」，至少我真沒那種感覺，黃文傑的詩就是他生活裡自己情緒的積壓，「他說／你已經是在天空的風箏／為何不自由／／我無法回答／那條線／勒得喉嚨好痛」（見〈主觀〉），然後就如此直見性命爆出來。幽默的時候，他像在擠暗瘡，正色起來就又放飛鏢，絕不轉彎抹角。

二〇一五之後，他的詩似乎攪動起一些之前較少出現的暗湧。「畢竟，外面還有春風／不可太囂張／／誰開始溫柔／誰／就是月光下融入的靈魂」（見〈鬥〉），也許因為朋友的關係，我是直覺他溫柔了許多，或許是際遇磨成的，但連這種偶現的溫柔，依然還是漢子式的。

其實，我最喜歡的是〈落枕〉。這首詩很短，「是夢太重／過度傾向左側或者右／／醒來／驚訝世界都是歪的」。精簡直接的文字，不是讓人足以憤恨的情緒，但只要輕扭一下，就知道自己已置身在這無可奈何的疼痛裡。或許這就是他的感同身受，這樣直接進到我心裡的詩，讀一次就狠狠記住了。

二〇二〇年十月十二日

跋者：

吳偉才，新加坡著名詩人、作家、藝術家

國家圖書館出版品預行編目（CIP）資料

National Library Board, Singapore Cataloguing in Publication Data

Name(s): 黃文傑 .
Title: 短舌 / 黃文傑 著 .
Description: Singapore : 新文潮出版社 , 2021. | Text written in traditional Chinese scripts.
Identifier(s): OCN 1225182469 | ISBN 978-981-14-8893-1 (paperback)
Subject(s): LCSH: Chinese poetry--Singapore. | Singaporean poetry (Chinese)--21st century.
Classification: DDC S895.11--dc23

文學島語 001

短舌

作　　者　黃文傑
總　　編　汪來昇
責任編輯　洪均榮
美術編輯　陳文慧
校　　對　黃文傑　汪來昇
出　　版　新文潮出版社私人有限公司
　　　　　TrendLit Publishing Private Limited (Singapore)
電　　郵　contact@trendlitstore.com

中港台發行　秀威資訊科技股份有限公司
地　　址　台北市內湖區瑞光路 76 巷 65 號 1 樓
電　　話　+886-2-2796-3638
傳　　真　+886-2-2796-1377
網　　址　https://www.showwe.com.tw

新馬發行　新文潮出版社私人有限公司
地　　址　71 Geylang Lorong 23, WPS618 (Level 6), Singapore 388386
電　　話　+65-8896-1946
網　　址　https://www.trendlitstore.com

出版日期　2021 年 1 月
定　　價　SGD16 ／ MYR50 ／ NTD250 ／ HKD100

建議分類　現代詩、新加坡文學、當代文學